AF196924

Hersteller / Manufacturer (GPSR)
Storylution GmbH, Biberstraße 5, 1010 Vienna, Austria
E-Mail: story.one@story.one

Christine Kirbes

Pflegebettgeflüster

story.one – Life is a story

1st edition 2023
© Christine Kirbes

Production, design and conception:
story.one publishing - www.story.one
A brand of Storylution GmbH

Font set from Minion Pro, Lato and Merriweather.

© Cover photo: Gerry Hogl Grafikdesign

© Photos: Gerry Hogl Grafikdesign

ISBN: 978-3-7108-5305-0

Danke an alle Seelen, die mich zu diesen Geschichten inspiriert haben. Ihr seid ein Teil davon und werdet nicht vergessen sein.

INHALT

Oid, fit und Hautcreme

Frau C. ist stolze 93 Jahre alt, körperlich und geistig fit. Wenn man schon alt wird, dann so! Körper und Geist sind im Einklang, sie wohnt in ihrem eigenen kleinen Haus mit Garten und Katze in einem kleinen Dorf. Hier kennt jeder jeden und deshalb beschäftigt sie ihre Nachbarn mit täglichen Anrufen und Arbeitsaufträgen, die sie für sie erledigen dürfen und müssen. Sie ist eine Frau, die sich selber zu helfen weiß. Das rundliche und freundliche Gesicht lässt sie viel jünger, als einen vermuten lässt, wirken. Ich bitte sie, mir ihr Geheimnis zu verraten, wie sie so agil alt geworden ist.

Wörtlich in Mundart übernommen:

Nummer 1: Zwa Moi in der Wochen duschen reicht, sonst afoch den Waschlappn nehma und a Seif. Mehr braucht ma net, a net so a Duschzeig.

Nummer 2: Ins Gsicht kumt nur fettige Hautcreme, des verhindert Falten.

Nummer 3: Net immer glei zum Dokta rennen, wennst bis dahin nix hast, kannst a nix haben.

Nummer 4: Kane Pulverl schlucken, de mochn dich nur krank. Wennst doch Pulver schlucken musst, kannst trotzdem an Rotwein trinken. Ma muss de Pulver a net immer täglich nehma.

Nummer 5: Apropos Wein, imma söwa kochen ist wichtig, heutzutage weiß ma net was für a Klumpat in den Fertigprodukten is. Ich brauch des Neiche ollas net. I bau ma ollas selber im Gemüsegarten an. Da Opa war früher für de Erdäpfel zuständig. Daunikaut wird a nix, wenn wirs nimma essen bekommts de Sau.

Nummer 6: Nur net hudeln, eins nach dem anderen mochn.

Nummer 7: Vü draußen arbeiten, a bissl Sonnenbrand tuat da net weh, da wirst e dann braun nach an Zeitl.

Nummer 8: De gaunze Nocht taunzen gehn, wennst des nimma kaust, dann wirst oid. Owa wer Lumpen geh ko, ko am nächsten Tag a aufstehen.

Nummer 9: Immer sche olle griaßn. Am Sonntag in de Kirche gehen ist Pflicht, der Pfarrer hot oft recht owa a net immer, außerdem gibts danach an Wein und du siehst deine oidn Freind wieda. Ma muss net jedem seine Geheimnisse erzöhn, da zerreißen sich de Leit a glei nur de Pappn.

Nummer 10: Famülie is des wichtigste, außer sie wollen dei Göd, dann net.

Nummer 11: Such da an Mann der fleißig ist und der guad arbeiten ko. Und wenn ma moi streiten, dann geht ma net glei ausanand. Da rauft ma sich zsam und dann gehts wieda. Owa manchmal is gscheiter wenn ma allane bleibt.

Nummer 12: Oid sind nur de anderen. Und i fürcht mi net vorm Sterben, mei Oma hat früher sich sogar des Sterbehemd söwa gnaht.

Nummer 13: Rotwein hob ich scho gesagt oder?

Haben Sie noch kurz Zeit?

Der Tagesablauf von Frau H. ist schnell erklärt: Munter werden zu aller Herrgott Zeiten
und warten, bis ein Angehöriger vorbeikommt
und ihr das Frühstück bringt. Etwas später er-
folgt die Körperpflege mit Unterstützung durch
eine ausgebildete Pflegerin, welche zirka eine
Stunde dauert, danach steht auch schon das bereits vorgekochte Mittagessen bereit. Bis zum
Abend darf sie die Zeit tot schlagen, Jausnen,
frühzeitig Schlafen gehen und der nächste Tag
beginnt genauso wie der vorherige geendet hat.
Die Tage verschwimmen, sie sind eintönig und
lassen Frau H. vereinsamen, es fehlt Ansprache
und Abwechslung. Seit der Mann verstorben
ist, erlebt sie nichts Neues mehr. Die 89-Jährige
bewohnt ihr kleines Zimmer, in dem sich ein
Pflegebett mit Leibstuhl, ein Tisch mit vielen
Zeitungen und ein kleines Fenster mit vielen
Orchideen befindet. Es ist immer schön warm
im Holzofen eingeheizt. Der Bewegungsradius
begrenzt sich von Pflegebett auf Leibstuhl und
retour. Urkunden und Auszeichnungen hängen
an der Wand, ein Foto von Papst Johannes Paul

II. und Parten von Verstorbenen stechen ins Auge. Ihr Alltag ist trostlos. Untertags arbeiten die Angehörigen, wenn möglich werfen sie einen „Sicherheitsblick" ins Zimmer, ob alles in Ordnung ist. Zeitung lesen und Radio hören, Tag für Tag dasselbe, im Optimalfall kann sie ja mehrmals dieselbe Zeitung mit denselben Rätseln lösen. Dank der Mobilen Pflege bekommt sie täglich einen erfrischenden Fixpunkt in ihren seit Jahren gleichbleibenden Tagesablauf. Neugierig saugt sie die neuen Informationen von „außen" auf, auch wenn meine Erzählungen immer einen ähnlichen Inhalt haben. Zum Abschluss jeder Betreuung bittet sie mich, ihre geliebten Orchideen zu gießen.

Von vielen wird erwartet, dass sich eine Pflegeperson 100 % hingebungsvoll um den Kunden kümmert, heute bin ich gedanklich eher bei meinem heißen Kaffee, den ich später im Büro genießen werde. „Haben Sie noch kurz Zeit für mich?", fragt sie mich ganz schüchtern. „Ich bin zu nichts mehr nutze und habe seit 4 Wochen eigentlich das Bett nur mehr zur Körperpflege verlassen! Ich würde sehr gerne mit Ihnen noch ein paar Schritte mehr gehen, wenn das geht?". „Was?", bei ihrem ersten Satz schnalze ich eher genervt aber gut versteckt hinter dem Mund-

Nasenschutz mit der Zunge. Eigentlich will ich nicht mehr, die Betreuungszeit ist fast überschritten und überhaupt, mein Kaffee ruft schon förmlich nach mir. *„Ich bin zu nichts mehr nutze"*. Ich halte inne. Diese Wörter brennen sich in mein Gehirn. Ich ertappe mich bei meinen egoistischen Gedanken …. Ihre Lebensspanne ist zeitlich absehbar.

Natürlich erfülle ich ihr diesen Wunsch. Natürlich nehme ich mir noch diese Zeit. Natürlich, natürlich, natürlich. Frau H. strahlt über das ganze Gesicht und ich werde auch noch zu meinem Kaffee kommen. Im Nachhinein stellte sich heraus, dass zwischen ihren geliebten Orchideen auch Plastikorchideen gestanden haben und ich diese jahrelang großzügig mit gegossen habe.

Gedankenspiel

Herzlich willkommen in der Mobilen Pflege. Ich lade dich auf ein Gedankenspiel zu Beginn von Corona mit mir ein.

Dein Steckbrief: Du bist Schülerin der Gesundheits- und Krankenpflege, du bist 20 Jahre alt und hast bereits fünf Praktika absolviert. Unsere Aufgabe ist es, die Pflege und Betreuung eines 75-jährigen Mannes durchzuführen. Er ist Diabetiker, stark adipös und bettlägerig, wir übernehmen bei ihm medizinische Tätigkeiten, die Körperpflege und versuchen ihn Querbett zu mobilisieren. Wir steigen aus dem Auto aus, in Zeiten des Covid 19 sollen wir Jacken und Taschen im Auto lassen. Bei -2 Grad Außentemperatur desinfizieren wir unsere Hände und legen uns eine durchsichtige Schürze an, natürlich alles im Freien vor der Haustüre. Unsere Finger sind eiskalt, unser Atem sichtbar und der Körper fängt kurz zu zittern an. Du fragst mich nach einer FFP2 Maske. Ich lache dabei auf. Ich lache nicht über dich, sondern über die Situationskomik. Ich sehe dir deine

Unsicherheit an. FFP2 sind absolute Mangelware. Es sind alle Atemschutzmasken und jeglicher Mundschutz derzeit so gut wie nicht zu erstehen. Ich besitze eine einzige und die hebe ich mir für den „richtigen" Moment auf. Ich biete dir den türkisen chirurgischen Mundschutz an, den du dankbar annimmst. Das Desinfektionsmittel und die Handschuhschachtel sind dein heutiges Heiligtum, ich bitte dich klug damit umzugehen. Schnell schlüpfen wir in das warme Haus.

Unsicherheit liegt in der Luft, die Gattin hat Angst, dass durch uns Corona ins Haus gebracht wird, wir haben die Bedenken, dass wir uns hier Corona mit nachhause nehmen. Ich schicke die Gattin in die Küche, damit die Personenanzahl niedrig bleibt. Laut Empfehlungen sollte man mindestens einen Meter Abstand zum Nächsten halten. Diese Empfehlung lässt sich in der Pflege wenig bis kaum umsetzen. Wir stehen links und rechts vom Patienten und beginnen mit der Mobilisation. Schritt für Schritt leite ich dich an. Wir kommen uns alle sehr nahe, Berührungen kommen automatisch zustande. Der Patient berührt dich an der nackten Haut deines Oberarmes und hüstelt manchmal vor sich hin, einmal hustet er dir direkt in das Gesicht. Du hältst die Luft an. Ist das jetzt ein normaler Reizhusten oder ist das ein „Corona-Husten"? Wer weiß das schon? Die Pflege heute dauert über eine Stunde. Du schwitzt nach den ganzen Tätigkeiten und der Patient ist einfach nur müde und schläft danach sofort ein. Wir verabschieden uns winkend bei der Gattin und gehen. Sowohl die Schürze als auch die benutzten Handschuhe belassen wir vor Ort mit dem Hinweis, diese zu entsorgen. Beim Auto angekommen nimmst du eine Desinfektionsdusche bis zum Oberarm hinauf. Wieder sind unsere Finger aufgrund der niedrigen Temperaturen und dem Alkohol eiskalt und steif. Es fröstelt uns und wir ziehen schnell unsere Jacken über. Ich stelle die Heizung sofort auf heiß ein und gebe bereits die neue Adresse des nächsten Patienten ins Navigationsgerät ein.

Ordinationstalk deluxe

Ich sitze gerade in einer Ordination und warte bis ich dran komme. Ich verstecke mich vor den anderen, indem ich auf mein Handy starre, um mit niemandem reden zu müssen. Ich vermeide mit Absicht jegliche Kommunikation, um potenziellen unangenehmen Fragen aus dem Weg zu gehen, außerdem möchte ich über nichts Privates auf so einem kleinen engen Raum besprechen.

In den heiligen Hallen des Hausarztes warten Männer und Frauen stillschweigend und brav auf ihren Aufruf. Die obligatorische Dusche, schöne Kleidung, seriöses Benehmen und Stille in den Räumlichkeiten sind bei der älteren Generation beim Arzt Pflicht. Türen öffnen und schließen sich, es ist ein ständiger Wechsel an Menschen hier. Die langen Wartezeiten sind mühsam. Zwei große Schilder weisen auf ein Verbot von lauter Unterhaltung hin und das Handy muss auf lautlos sein. Ein großer, älterer Herr im Jägeroutfit betritt den Raum und geht gezielt auf einen anderen zu. Sie beginnen sich zu unterhalten. Meine Augen fixieren weiterhin das Handy, doch die Ohren sind weit gespitzt. „Herst, der R. hat den Krebs, der wird bald sterben", äußert der pummelige Mann mit großer Knollennase. Sein Gegenüber schüttelt den Kopf, dabei verzieht er das Gesicht und äußert sich nicht dazu. „Meine Nachbarin ist auch verstorben. Kennst eh!", spricht der Jäger weiter. Es werden unzählige Namen und Krankheiten aufgezählt. Wer an welcher Krankheit leide, wer mit einem halben Fuße im Grabe stehe und welcher schon im Grabe sei. Bei anderen seien sie selbst verwundert, dass sie überhaupt noch leben und manche sterben sowieso zu früh. Ihrer Meinung nach sterben Männer vor ihren Frauen, weil sie unbeholfener seien. „Ohne einer guten Hausfrau kann ein Mann nicht lange überleben". Beide stellen fest, dass sie nur mehr auf Begräbnisse und Leichenschmäuse eingeladen sind. Taufen und Hochzeiten liegen schon lange zurück! Genau so stelle ich mir den Klatsch und Tratsch des Alters vor.

„Ich bin schon gespannt, wann es bei mir so weit ist, alle sterbens weg. Ich spüre schon, wie die Schlaufe immer enger wird. Kommst du dann auf mein Begräbnis, wenn du noch lebst? Es gibt sicher etwas Gutes zum Essen, das Beste ist der Leichenschmaus danach", wirft der Jäger ein. Sie lachen dabei, es entsteht im Wartezimmer eine Art Wirtshausstimmung. Die Ordinationsassistentin winkt uns lachend zu und ermahnt zeitgleich die Patienten, etwas ruhiger zu sein. Ich muss auch schmunzeln und schaue beide an. Ich habe irgendwie das Bedürfnis und den Drang, ihnen präventiv eine Karte für die Mobile Pflege zuzustecken, unterlasse es aber. „Hey junge Dame, du hast da aber einen netten Rucksack! Den Spruch muss ich mir merken!" Herr Knollennase steht auf und schlurft ins Behandlungszimmer. *Ich turne bis zur Urne. Bestattung Wien.*

Der Enkelsohn

Meine letzte Kundin ist heute Frau M. und sie ist erst seit Kurzem in der Betreuung. Ich klopfe an der Haustüre und sie öffnet mir freudestrahlend und winkt mich herein. Ich sehe sie heute zum ersten Mal und bin überrascht, dass sie mich ohne zu zögern ins Haus lässt. Ich trage eine Dienstkleidung, mein Gesicht ist durch die FFP2 Maske großflächig verdeckt. Herzlich möchte sie mich auf einen Kaffee und ein Marmeladenbrot einladen. Ich lehne dankend ab.

Begeistert führt sie mich durch das ganze Haus und zeigt mir ihre Lieblingsecke. Sie nimmt ein Foto in die Hand und erzählt stolz von ihrem Ehemann, der gerade einkaufen sei. Ich habe den Eindruck sie glaubt, ich sei eine gute Bekannte und nicht der Pflegedienst. In der Küche angekommen beginne ich mit meiner Arbeit. Sie winkt ab und erklärt mir, dass ich heute nichts zu tun hätte, da sie schon alles erledigt habe. Charmant überzeuge ich sie, dass ich alles kontrollieren möchte. Ich dispensiere ihre Medikamente, führe die Blutdruck- und Blutzuckerkontrolle durch und verabreiche ihr Insulin laut Schema. Alle Medikamente und Messgeräte werden in einem Kasten aus Sicherheitsgründen versperrt aufbewahrt, den Zugangscode wissen nur die Angehörige und der Pflegedienst. Leider ist es schon mehrmals passiert, das Frau M. ihre Medikamente ohne Aufsicht falsch eingenommen hat.

Stolz zeigt sie mir weitere Bilder und stellt jeden Einzelnen vor. Ihr Enkelsohn sei heute zu Besuch und ist mit Opa im Wohnzimmer. *Moment!* Hat Frau M. mir nicht vorhin gesagt, ihr Ehemann sei einkaufen? Ich habe bis jetzt angenommen, dass ich mit ihr alleine sei, ich höre weder Stimmen noch Fernsehgeräusche. Komisch. Sie spricht weiter und erzählt mir, dass der Enkel eine gute Seele sei und noch eine Frau sucht. *Jackpot.*

„Bitte, bitte, lasse den Enkel fesch sein. Bitte, bitte!", hoffe ich innerlich. Ich stelle ihn mir groß, schlank und athletisch mit vollem Haar vor. Ich streife meine Haare zurecht, zupfe die Dienstkleidung gerade und nehme eine bessere Körperhaltung an. Brust raus, Bauch rein, selbstsicher wie eine Königin. Freudig steht sie

auf und möchte den Enkelsohn holen. Sie kommt wieder alleine retour und drückt mir einen Wäschehaufen in den Arm, … das ist also Stefan! Stefan ist ein dicker Jahreskalender, der in unzählige Handtücher eingewickelt wurde. Die restliche Betreuung halte ich Stefan im Arm, bemühe mich, dass er weiterhin so kompakt eingewickelt bleibt und gebe ihn schlussendlich der fürsorglichen Frau M. wieder retour. Unsere Unterhaltung fängt wieder von vorne an, sie möchte mir beim Hinausgehen wieder das ganze Haus zeigen.

Kurz zusammengefasst: Frau M., 78 Jahre alt, dement, hat einen eingewickelten Jahreskalender aus dem Jahre 2017 als Enkelsohn und lässt vermutlich aus Gutgläubigkeit und aufgrund der Demenz leider jeden ins Haus. Jeder könnte sich auf diese Art und Weise Zutritt zum Haus, inklusiver wunderschöner Führung durch den Garten und Garage, verschaffen.

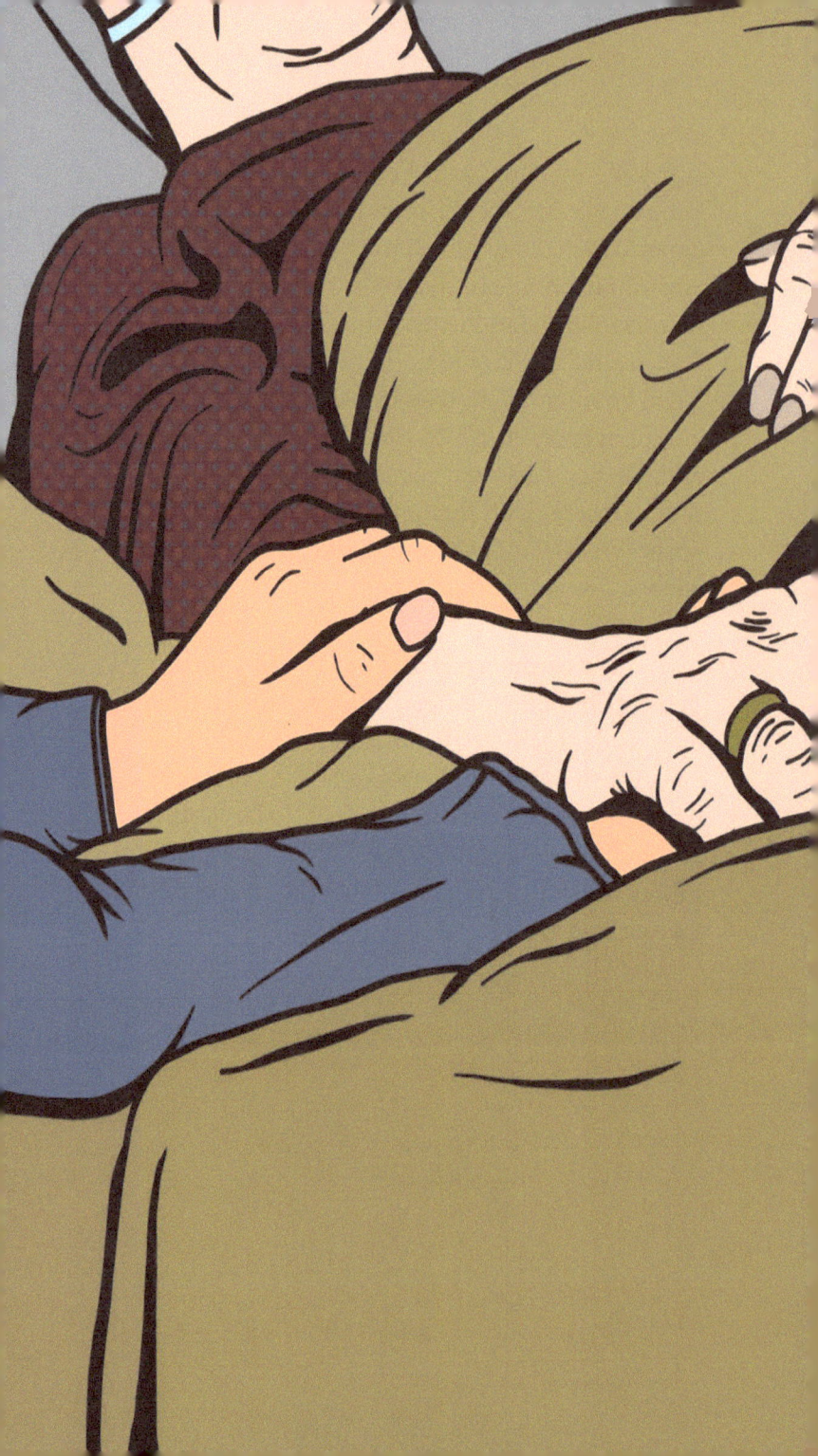

Deine letzte Stunde

Der Sterbeprozess ist im Gange. Woher ich das weiß? Ich weiß es, ich sehe es dir an. Dein Körper verrät es mir. Ich erkenne es an deinem Gesicht, an deiner Gesichtsfarbe, an deiner spitzen Nase. Du liegst im Bett, siehst mich mit deinen trüben, alten Augen an. Manchmal blinzelst du und starrst ins Nichts geradeaus. Ich halte deine Hände ohne Handschuhe. Ich spüre deine kalten Finger. Ich drücke deine Hand anerkennend, du reagierst darauf. Deine Angehörigen sitzen im Raum und sind in einer Ausnahmesituation. Keiner sucht den Körperkontakt zu dir. Es ist eine deutliche Distanz zu spüren, sie fürchten die bevorstehende Situation. Dieser Moment ist neu für sie, der Tod war nie ein Thema in dieser Familie. Ein Arzt war heute schon einmal da und hat mit sanften Worten versucht, die Situation zu erklären und angeboten, nochmals später vorbeizukommen. Doch das wollen die Angehörigen weniger, sie hoffen, Kontrolle über die Situation zu bekommen, indem ein Krankentransportwagen vorbeikommt und dich mitnimmt.

Leider wird dir das Versterben zu Hause verwehrt. Die Angehörigen sprechen schon von deinem zukünftigen Begräbnis und welches Foto sie von dir nehmen sollen, obwohl du noch am Leben bist. Ich schicke die Angehörige unter dem Vorwand des Frischmachens der Schutzhose aus dem Raum hinaus, denn ihre Aussagen sind nicht angenehm anzuhören. Nachdem sie den Raum verlassen haben, setze ich mich zu dir ins Bett. Unsere Schultern berühren sich, ich möchte, dass du meine Körperwärme und Atemzüge spürst. Leise und still sitzen wir einfach so da und nehmen die Situation an. Manchmal flüstere ich dir schöne Worte ins Ohr und bestärke dich, dass es in Ordnung sei, zu sterben. Deine Atmung ist flach und unregelmäßig, aber vorhanden. Vormals warst du ein groß gewachsener, stattlicher Mann mit imposantem Auftritt. Jetzt liegst du im Bett, dürr und eingefallen, mit einem dünnen Nachthemd und Decke bedeckt, der Dauerkatheter schaut am Fußende raus und ich lege dir eine Nasenbrille zur Sauerstoffversorgung an. Für dich überziehe ich mein Dienstende, ich möchte das so.

Ich erzähle dir von unserer ersten Begegnung und wie du mich einmal im Dienst dazu genötigt hast, ein Schnapserl um sieben in der Früh mit dir zu trinken. Wir lächeln beide. Es ist Zeit, ich hole die Angehörigen wieder herein und ermögliche ihnen, nochmals eine gemeinsame Verabschiedung. Diese Chance wird zögerlich wahrgenommen. Deine Frau drückt dir ein Busserl auf die Lippen, umarmt dich und dann steht auch schon der Rettungsdienst bereit. Tränen fließen, es wird dir nachgewunken. Die Tür schließt sich und du verlässt dein Zuhause für immer.

Landidylle

Ich rolle mit meinem Auto die letzten hundert Meter den Feldweg entlang, um zu dem abgelegenen Bauernhaus zu kommen. Blühende Bäume säumen diesen Weg, das Gras sprießt hoch und ab hier gibt es auch keinen Empfang mehr am Handy. Ein kleiner Wald vollendet diese Idylle. Ich parke mein Auto so, dass ich einen guten Rundumblick habe und sofort wieder auf den Feldweg retour fahren kann. Es ist angenehm still hier, ein paar Hühner spazieren durch den Hof und erfreuen sich ihrer Freiheit. Ich hupe mehrmals und warte einen Augenblick ab, um Ausschau nach Besitzer und dessen Hund zu halten. Ich sehe niemanden, also öffne ich das Fenster und rufe laut hinaus, dass ich da bin. Keine Reaktion. Ich schnaufe laut durch die Nase, weil mir die Situation jetzt schon am Zeiger geht. Der Besitzer holt mich nicht wie ausgemacht vom Hof ab, ich hätte schon mit der Pflege des Patienten beginnen sollen und spüre den Zeitdruck. Zögerlich steige ich aus, sehe mich nochmals um, nehme das Handy in die Hand und halte es in die Höhe, um eventuell doch einen Empfang zu bekommen. Negativ, das Glück bleibt mir verwehrt. Ich höre ein Rascheln, das ich nicht zuordnen kann und schon sitze ich wieder im sicher verschlossenen Auto. Ich sehe nichts.

Es sind fünf Meter bis zum Stiegenhaus, ich öffne die Autotüre und habe bereits den halben Körper wieder aus dem Auto heraußen, als plötzlich, mit lautem und aggressivem Gebell, der Hund des Besitzers aus dem Wald direkt auf mich zuschießt. Er fährt mit seinem Kopf direkt zum Seitenfenster hin, seine Augen funkeln schwarz. Ich höre seine Krallen, wie sie an meinem Auto kratzen. Der zottelige Wolfshund, der mir bis zur Hüfte reicht, umkreist das Auto mehrmals und fährt dann beißend auf die Autoreifen hin. Wütend schreie ich den Hund an und zeige ihm den Stinkefinger. Ich warte darauf, dass der Besitzer die Geräuschkulisse mitbekommt, doch es kommt keiner. Mein Ärger steigert sich, ich habe einen Pflegeauftrag in diesem Haus, Zeitdruck und kann aber nicht aus dem Auto steigen, weil der aggressive Hund nicht weggesperrt wurde oder der Besitzer offensichtlich nicht anwesend ist.

Minuten vergehen, nun blockiert der Hund das Stiegenhaus und ich weigere mich auszusteigen. Meine Kolleginnen, die vorher zur Pflege da waren, meinten, sie hatten es immer irgendwie gerade so ins Haus geschafft und wieder retour, aber immer mit Angst behaftet. Einmal musste sogar eine Kollegin das Haus durch ein Fenster verlassen, weil der Hund den Gang blockierte. Ich beschließe, nicht auszusteigen und starte den Motor und genau in dem Moment attackiert der Hund wieder einen Autoreifen. Im Schritttempo fahre ich den Feldweg retour, immer in Begleitung des bellenden Hundes bis zur Hauptstraße. Erst da lässt der Hund ab. Angefressen rufe ich den Besitzer an und, teile ihm mit, dass ich nicht zur Pflege kommen werde, solange der Hund frei herumläuft und dieser meinte einfach nur: „Fahrens den Hund nieder!".

80+ am 24.12.

Pflegedienst am 24. Dezember. Ich habe ab
16 Uhr 4 Kunden. Alleinlebende 80+ Patienten,
die auf fremde Hilfe angewiesen sind und keine
Familie und Freunde im Umkreis haben. Von A
nach B im Stundentakt, seit 8 Jahren melde ich
mich freiwillig, damit auch meine Kolleginnen
abends freihaben und mit ihren Familien feiern
können. Dienst am Heiligabend zu haben ist
für mich eine lieb gewonnene Tradition geworden. An diesem Tag zu arbeiten, bringt eine
einzigartige Mischung an Gefühlen mit. Es wird
früh finster, beim Wegfahren zum ersten Kunden ist noch Leben auf der Straße, Glühwein-
stände sind gut besucht, der letzte Einkauf wird
noch schnell getätigt. Gute Laune wohin man
sieht. Ausgerüstet mit einer Box voller Köstlich-
keiten setze ich mich mit meinem kleinen Auto
in Bewegung. Um 18 Uhr wird es schlagartig
ruhig, überall sieht man Kerzenlicht aus den
Häusern leuchten, diese Stille ist unbeschreib-
lich schön. Das Radio läuft und ich singe be-
wusst falsch mit:

„Markt und Straßen stehen verlassen,

still erleuchtet ihr mir euer Haus,

mir gehören die ganzen Gassen,

alles sieht so festlich aus."

Mein letzter Kunde winkt mir schon vom Fenster aus zu. Gemeinsam erledigen wir die offiziellen Dinge, danach liegt er im Bett, ich sitze am Sessel daneben. Das Bett steht in der Küche, ein alter Holzofen sorgt für Wärme und weihnachtliche Stimmung. Im Hintergrund lasse ich Musik laufen. Ich biete meine Box an, er darf sich eine Süßigkeit aussuchen. Schüchtern fragt er mich, ob er noch einen weiteren Keks trotz Diabetes haben darf. „Du darfst sogar zwei haben, aber das bleibt unser Geheimnis", sage ich zuzwinkernd. Glücklich nascht er seine, ich meine Kekse.

Ich weiß, dass Herr P. früher gerne getanzt hat, also fordere ich ihn auf. Sitzend im Bett, so gut wie es der alte Körper und die Bewegungseinschränkungen zulassen, wippen wir hin und her. Wir nehmen uns an den Händen und führen tänzerische Bewegungen aus. Am Ende des

Liedes vollführe ich einen Hofknicks in seine Richtung. Es wird gelacht und geklatscht. In diesem Moment ist keine Spur von Traurigkeit zu finden, er wirkt zufrieden. Wir verabschieden uns und wünschen einander frohe Weihnachten. Er beißt in einen weiteren Keks und ich gehe zum Auto.

Piep Piep. Eine Nachricht von meiner Schwester geht am Handy ein: „Beeile dich, Oma verteidigt das letzte Häferl Glühwein für dich. Wir warten schon auf dich". Geschwind setze ich mich in mein Auto und mache mich auf den Weg Richtung nach Hause. Die festlich dekorierten Straßen und Häuser weisen mir den Weg zu meiner Familie.

Brief an dich

Lieber Herr B.,

Ich sehe dich noch immer geistig vor mir in einem großen Männer-Mehrbettzimmer liegen, nicht alleine und doch alleine. Jeder weitere Mitpatient war mit sich selber darin beschäftigt, wieder gesund zu werden und sich zu erholen. Du hattest einen schönen Fensterplatz mit einem freien Blick auf die historische Altstadt. Direkt im Anschluss zu deinem Bett hing ein dünner, weißer Vorhang als Sichtschutz zu den anderen, um dir ein wenig Privatsphäre zu gewährleisten. Ich hatte erst meinen zweiten Praktikumstag im Krankenhaus, bis dahin war ich im Patientenumgang und derart Situationen nicht geübt. Jede Situation war noch vollkommen neu für mich und mit einer Portion Unsicherheit behaftet. Ich wurde schon alleine auf die Glocke geschickt, obwohl ich immer in Begleitung einer Praxisanleiterin sein sollte. Meine Aufgabe war es, nachzufragen, was der Glockendrücker wollte, um danach zurück zum Stützpunkt zu gehen und es der diensthabenden Schwester mitzuteilen. Dein Bettnachbar hatte Durst und dann sah ich dich. Ich erblickte dein Gesicht, ich sah detailliert deine Augen, deine spitze Nase und deinen Mund. Dort lagst du nun, tot. Die einzige Handlung, die ich tat, war es, still und heimlich den Raum fluchtartig zu verlassen, mit einem Pokerface, um jemandem Bescheid zu geben. Ich wollte so unscheinbar und still aus dieser Situation wieder aussteigen, ohne meine Gefühle auf die Mitpatienten zu übertragen. Das war mein erster Kontakt mit dem Tod, vollkommen unvorbereitet mit 18 Jahren. War es Angst? Ja, das war es. Es war die Angst vor dem Unbekannten, es war meine Angst, keine Kontrolle über diese Situation zu haben und nicht zu wissen, was zu tun ist.

Du warst im Sterbeprozess und keiner hat es mir vorher gesagt, es wurde vorab vergessen, es mir mitzuteilen. Mir wurde diese Information vorenthalten, weil ich nicht bei der Dienstbesprechung dabei sein durfte, sondern aus Personalmangel das Frühstück austeilen musste. Irgendwann kurz vorher bist du verstorben und keiner hat es registriert. Du warst mein erster Verstorbener. In Begleitung einer erfahrenen Kollegin wäre diese Situation vermutlich leichter gewesen. Es hätte mir ein Sicherheitsgefühl vermittelt werden können, wenn ich auf diese Situation vorbereitet geworden wäre. Ich wäre dankbar gewesen, wenn mir erklärt worden wäre, wie der weitere Ablauf sein könnte und wie so ein Moment gehandhabt wird und das gemeinsam mit jemanden Zweiten. Nach Jahren in diesem Beruf wäre ich gerne bei dir am Bett gestanden, ich hätte deine Hand gehalten, um deinen Weg für diese kurze Zeit gemeinsam zu gehen. Geschehenes kann man nicht mehr ändern, aber es hat mich geprägt. Diese Gedanken wollte ich dir immer schon mitteilen. Es würde mich beruhigen, wenn mich in ferner Zukunft im Akt des Sterbens jemand begleiten würde, so wie ich es heute tue. Gemeinsam statt einsam.

Mit Respekt da sein.

Die Frau aus Passau

Ich stehe mitten in der Ausbildung und beginne gerade ein Pflichtpraktikum in einem Pflegeheim. Auf dieser Station absolvieren zeitgleich mit mir drei weitere Schülerinnen ihr Praktikum. Männer waren zu meiner Ausbildungszeit eher eine Ausnahme. Der Dienstplan ist so eingeteilt, dass immer eine Schülerin Wochenenddienst hat, um das fehlende Stammpersonal zu kompensieren. Es fehlt an Personal und Zeit, so wie immer. Meine heutige Aufgabe ist es, mich nach der Pflege mit den Leuten spielerisch zu beschäftigen. Ich bin quasi Mitarbeiterersatz, noch nicht fertig mit der Schule, aber können sollte ich schon alles.

Einer meiner Schützlinge heute ist Frau K. Frau K. wurde in Passau geboren, sie ist 84 Jahre alt und körperlich sehr fit. Ihr Körper ist fit wie ein Turnschuh, doch der Kopf ist es nicht mehr. Sie leidet unter Demenz mit Weglauftendenzen. Täglich wandert sie durch die Stationen und das Pflegeheimgelände, immer auf der Suche nach einer Zughaltestelle Richtung Pas-

sau in ihre Heimat. Hin und wieder verlässt sie
in einem unbeobachteten Moment die Instituti-
on und verschwindet in der Kleinstadt. Heute
ist wieder so ein Tag. Die Rezeption teilt der
Station mit, dass Frau K. gerade das Gelände
verlassen hat. Ich werde beauftragt, dass ich ihr
nachlaufen soll, um sie zurückzuholen. Ich
sprinte ihr nach und erreiche sie nach etwa 500
Metern. Ich treffe sie neben einem Zuggleis an.
„Ich werde mich vor den Zug werfen!“, äußerst
sie. Mein Puls steigt. Ich rede ihr zu, angefan-
gen von Vernunftstimme, über zuckersüß bis
streng. Jedes Mal, wenn ich sie berühren möchte, fängt sie laut zu schreien und schimpfen an.
Sie fühlt sich von mir bedroht und bekommt
eine Abwehrhaltung. Nun stehe ich mit einer
wild gestikulierenden, alten und dementen Frau
am Zuggleis, schwitze wie ein Einser und weiß
nicht, was ich tun soll. Ich habe mein Handy
vergessen und kann niemanden informieren.
Ich sehe keine andere Möglichkeit mehr und
bitte in meiner Not, eine vorbei radelnde Pas-
santin, die Polizei zu rufen. Mit einem Auge
habe ich die Zuggleise im Blick, das andere auf
die Dame geheftet. Im Kopf spiele ich diverse
Szenarien durch, falls ein Zug kommt.

Fünf Minuten später kommt ein Streifenwagen vorbei und die gute Frau Passau hört sofort zu schimpfen auf. Sie fällt den Männern um den Hals und wird von der schimpfenden und drohenden, zur sanften, schwachen Frau, oder wie ich es nennen würde: vom bösen Wolf zur lieben Oma. Sie schickt Luftbussis an die zwei Herren und bedankt sich mit überschwänglicher Geste. „Endlich sind Sie da! Meine Enkelin und ich haben uns hier verlaufen und finden nicht mehr nach Hause.". Natürlich, ... ich, die Enkelin in Dienstkleidung, versuche die Situation zu erklären. Sichtlich vergnügt steigt sie in ihr „Privattaxi" ein, ich bin peinlich berührt und muss ständig den Kopf schütteln. Die Frau aus Passau ist glücklich und ich bin es auch, da die Situation so glimpflich ausgegangen ist.

Bisschen eng die ganze Sache

Die ersten paar Sekunden war ich etwas nervös und habe verstohlen vor mich hin gekichert wie ein kleines Kind. Jetzt liege ich entspannt am Rücken und versuche, seriös zu sein. Es ist dunkel, es ist wirklich so stockdunkel, dass ich meine eigenen Finger direkt vor den Augen nicht sehen kann. Ich bin mir nicht einmal sicher, ob ich meine Augen offen habe, deshalb taste ich vorsichtig zu ihnen hin: Jep, die Augen sind eindeutig offen.

Seit mehreren Minuten umgibt mich diese Finsternis. In meinem Umkreis höre ich Stimmen, dumpf redend und lachend. Es ist irgendwie so angenehm ruhig, keiner stört mich, keiner spricht mich von der Seite an und möchte etwas von mir haben. An diese Ruhe könnte ich mich gewöhnen. Es zieht nicht, es ist nicht kalt und ich bin auch nicht von der Sonne geblendet, diese Situation ist sozusagen allwettertauglich. Weiters liege ich überraschenderweise ziemlich angenehm, ich fühle einen weichen Stoff, welcher mit irgendeinem Material gefüllt ist. Ich taste nach rechts und links von mir, danach greife ich nach oben. Ich spüre überall Holz. Ich sauge die Luft tief in meine Lungen ein und rieche mein Parfum. Ich hätte gehofft, ich würde *Wald und Erde* riechen, aber wie eben beschrieben, riecht es süßlich nach meinem Parfum. Es ist bearbeitetes Holz und es fühlt sich natürlich an. Ich klopfe sanft dagegen, es gibt nichts nach. Ich habe genug Platz, solange ich einfach nur da liege und mich nicht bewege. Die Beine kann ich nicht aufstellen, geschweige denn mich umdrehen. In der aktuellen Situation hat man es nicht notwendig, sich zu drehen. Platzangst darf man natürlich keine haben und irgendwie dürfte ich jetzt auch nicht stark übergewichtig sein, sonst würde ich es als unangenehm empfinden. Im Fall der Fälle, wenn man es sich hier freiwillig- unfreiwillig gemütlich machen muss, wird es einem sowieso egal sein. Ich schließe die Augen und atme nochmals tief ein. Ich möchte mich in eine bestimmte Situation hinein fühlen, die Gefühle annehmen und daraus lernen. So viele Menschen befinden sich gerade derselben Situation.

Plötzlich fällt mir ein, dass es auch bei mir einmal so weit sein wird. Irgendwie fürchte ich mich ein bisschen davor. Immerhin belächle ich schon lange den Tod, reiße Witze über ihn und nehme ihn in bestimmten Situationen nicht ernst. Er muss nur warten, ich nehme an, er muss noch sehr lange auf mich warten, aber man kann nie wissen. Vermutlich, sobald es hart auf hart kommt, mach auch ich mir in mein letztes Hemd. Zur Gewissensberuhigung schicke ich schnell ein Stoßgebet nach oben, in der Hoffnung, es mir selber durch solche Aktionen nicht noch zu versauen. Ich besänftige den Tod und bitte noch um ausreichend Zeit.

Es klopft von außen: „Möchtest du wieder herauskommen? Es gibt noch weitere Leute, die gerne im Sarg probeliegen wollen!", sagt der Bestatter von außen. Er öffnet den Deckel und die Sonne strahlt herein. Ich fühle mich wie ein Vampir, der zu schnell dem Tageslicht ausgesetzt wurde und kneife die Augen zusammen.

Pflegeprofi

Mir gegenüber steht die Tochter von Herrn G. und beschwert sich über die Betreuung von ihrem Vater durch die Mobile Pflege. Sie bezahlt für diese Leistung und deshalb will sie auch bestimmen, was genau gemacht wird. Sie, die Tochter-, Frau Gescheit, welche nie im Gesundheitsbereich gearbeitet hat, erklärt uns, wie man richtig pflegt. Sie versteht nicht, warum wir, die Pflegerinnen bei ihm so lange brauchen? Füttern ginge ja viel schneller, wir sollen das für ihn übernehmen. „Schnell einen Löffel nach dem anderen in den Mund, er wird es später hinunterschlucken!“.

Es wäre auch einfacher, wenn er einen Dauerkatheter bekommen würde, immerhin müsste er dann nicht mehr aufstehen und das spart Zeit. Wenn er keinen Dauerkatheter bekommt, dann zumindest eine Windel, da könnte er reinmachen. Beim Wort Windel stellt es mir die Haare zu Berge, ich verwende den Begriff Schutzhose. Der erhöhte Toilettensitz sei ekelig und sie wolle damit nicht in Berührung kommen. Einmal in der Woche Duschen muss ausreichen, mit dem Waschlappen den ganzen Körper anfeuchten sei vollkommen ausreichend. „Heimlich" kontrolliert sie das Badezimmer, ob es wirklich gereinigt wird, sie stellt uns Fallen, um überprüfen zu können, ob Putzmittel, Waschlappen und Pflegeprodukte verwendet wurden. Wenn sie nach ihrer Überprüfung feststellt, dass diese nicht verwendet wurden, wird man zur Rede gestellt. Ob die Verwendung von fünf Salben zeitgleich aus pflegerischer Sicht, Sinn ergibt, darf nicht hinterfragt werden. Diese Frau stellt sich als beratungsresistent heraus.

Der einfachste Weg wäre es, den Vater generell im Bett zu belassen, um ihn im Bett und ins Bett zu pflegen. Sie würde sich die ganzen Hilfsmittel ersparen, weil der Rollator und der Rollstuhl die Räumlichkeiten verstellen würden. Zeit ist ein wichtiger Faktor, sie findet, dass 30, maximal 45 Minuten vollkommen ausreichend sind für ihren Vater. Zu lange sprechen soll man mit ihm auch nicht, weil der redet sowieso nicht viel. Das stimmt, er redet nicht viel, weil ihm die Möglichkeit genommen wird.

Was sich die Tochter wünscht: Kurze Betreuungszeit um Pflegegeld zu sparen und keine weiteren Kosten zu verursachen. Schnelle Abfertigung des Vaters. Frühstück eingeben, im Bett „waschen", Badezimmer und WC putzen und auf Wiedersehen. Glaubt sie wisse, was ihrem Vater guttut und übernimmt Entscheidungen, ohne den Vater miteinzubeziehen.

Was der Vater benötigt: Selbstbestimmung, Aufmerksamkeit, Ansprache und Zeit. Er ist mit dem Rollator in der Wohnung mobil und benötigt leichte Unterstützung bei der Körperpflege.

Beim Verlassen des Hauses stürmt sie mir nach und belehrt mich, dass sie sich über mich bei der Einsatzleitung beschweren möchte. Ich erkläre ihr, dass ich für solche Belangen zuständig bin und biete ihr an, dass wir uns zusammen setzen können. Das lehnt sie ab.

Nadel ->Stich

Ich blicke nach vorne und dann ungläubig nach unten. Ich bin für einen Bruchteil einer Sekunde abgelenkt und spüre sofort ein spitzes Stichgefühl an meinem Zeigefinger. „Neinnnnnn fuck!", schreie ich den Patienten lautstark an und dieser blickt mich entgeistert an. Ich habe mich gerade mit seiner benutzten Nadel selber in den Finger gestochen. Sein Blut, mein Blut, nix gut! Gedanken fluten mein Hirn: *Was lernt man gleich zu Beginn in der Schule?* Es gibt kein Recapping einer Nadel. Auf Deutsch: Aufgrund der Gefahr von Stichverletzungen dürfen benutzte Nadeln nicht mehr auf die Schutzkappe aufgesetzt werden. Dieser Satz begleitet einen durch die gesamte Ausbildung. „Es gibt kein Recapping!".

Ich fahre den Patienten an: „Haben Sie irgendwelche Krankheiten?" Meine Aussage wirkt scharf und unhöflich. Ich starre ihn eindringlich an. Er verneint, er weiß es nicht genau. Ich laufe mit schnellen Schritten zum Desinfektionsmittelspender und nehme für den

Finger ein Desinfektionsmittelvollbad. Immer und immer wieder lasse ich es über die Fingerkuppe laufen, ich versuche, die Stelle auszudrücken, um sie nochmals mit dem scharfen Desinfektionsmittel zu befeuchten. Ich koche innerlich und bemühe mich, einen professionellen Schein zu wahren. Gedanken schießen mir durch den Kopf: *Hat er vielleicht doch eine Krankheit? HIV; Hepatitis C, ... was gibt es noch? Na, ich will nicht krank werden, ich bin zu jung für so einen Scheiß.* Ich führe innerlich einen Kampf, zwischen Panikattacke und Kopfschütteln, weil ich gleich so durchdrehe. Ich ärgere mich extrem über mich selber, da mir ein klassischer Anfängerfehler passiert ist. Das Gedankenkarussell dreht sich unweigerlich weiter. Am liebsten würde ich sofort den Dienst beenden, aber ich habe noch zwei weitere Patienten auf meiner Route. Mein Einsatzleiter ist von dieser Situation nicht erfreut, als ich ihn telefonisch informiere. Er schickt mich in das Krankenhaus zur Blutabnahme. Beim Patienten ist die Blutabnahme erst für den nächsten Tag bei der Allgemeinmedizinerin geplant. Zu seiner Blutabnahme kommt es aber nicht mehr, er verstirbt vorher aufgrund seines Gesundheitszustandes. Bei meiner Blutabnahme wird mir erklärt, dass ich für das nächste halbe Jahr mehrere Kontrollen haben werde. Ich werde über die potenziellen Gefahren und Möglichkeiten aufgeklärt, dabei lächelt mir der Arzt aufmunternd zu: „Wird schon nichts sein".

Die nächsten Wochen kann ich nicht schlafen. Ich bin in einem Gedankenkarussell gefangen und muss da alleine durch. Mein persönliches Umfeld versteht meine Gedanken nicht. Ich wünsche mir in dieser Situation mehr Interesse und Mitgefühl, aber das bekomme ich nicht. Sie sind sichtlich mit dieser Situation überfordert und vermeiden Themen in diese Richtung. Diese Einstellung tut mir eigentlich mehr weh als der Stich. Auch ich wünsche mir eine seelische Unterstützung, so wie ich die Bereitschaft habe, sie an meinen Patientinnen zu leisten, aber hier: Fehlanzeige, es interessiert irgendwie keinen Mitmenschen. Ich darf, nein, ich muss in dieser Situation stark sein. Ich bekomme die heiß ersehnten Testergebnisse und bin erleichtert. Dieser Fehler wird mir kein weiteres Mal passieren.

Müdigkeit

Die Anforderungen werden mehr, das Aufgabengebiet erweitert sich ständig. Ich muss vieles zeitgleich machen. Neue Kolleginnen bleiben aus, es gibt Dauerkrankenstände und „normale" Kurzkrankenstände. Jeder springt ständig ein, der Dienstplan bleibt nie stabil. Ein Privatleben planen ist weniger möglich, es kann ja sein, dass man jederzeit einspringen muss. Es fehlt an Erholungsphasen. Sollte man doch einmal nicht eingesprungen sein, plagt einen das schlechte Gewissen, weil man die Kolleginnen im Stich lässt. Ständig läutet das Handy. Die Patientinnen fordern volle Aufmerksamkeit, der Chef möchte etwas und die Angehörigen sind manchmal auch nicht einfach. Das Verhältnis Arbeitsaufwand versus Zeitressource befindet sich in einer Schieflage. Private Freuden werden verschoben, die Arbeit hat oberste Priorität, mein Pflichtbewusstsein ist zu groß. Der Pflegeberuf kennt keine Sonn- und Feiertage. Sie stehen zwar am Kalender, gearbeitet wird trotzdem. Verlängertes Wochenende durch Fenstertage, von Wegen. Du kannst davon ausgehen, wenn du an einem Feiertag freihast, dann darfst du spätestens am Wochenende arbeiten. Familien und Freunde treffen aufeinander und genießen die gemeinsamen Momente miteinander und da gibt es genug andere Mitmenschen, die arbeiten dürfen, um den anderen ein paar unbeschwerte Tage zu ermöglichen.

Ich beobachte eine Kollegin. Sie arbeitet ein paar Wochen und ist danach krank. Nach dem Krankenstand ist sie wieder da, fühlt sich überfordert und ist wieder weg. Sie ist nicht alleine mit diesem Problem. Egal, bei wem ich nachfrage, ich höre ähnliche Geschichten. In dieser Zeit dürfen die anderen einspringen. Wir kompensieren ihre Fehlzeiten, denn die Pflegeeinheiten müssen getan werden. Ich bemerke, dass ich müde bin. Ich bin schon sehr lange müde, aber ich habe es nicht ernst genommen. Zuerst habe ich es einfach nur als kurze Stressphase wahrgenommen, aber diese Situation hält bereits seit fast einem Jahr an. Ich bin mit diesen Gedanken nicht alleine. Ich sehe es an meinen Kolleginnen. Sie fühlen sich ebenso ausgelaugt und kraftlos. Die Nachrichten berichten ständig vom Pflegepersonalmangel und wir sind mitten drin.

Ich fühle mich kraftlos und ausgelaugt. Ich schaffe gerade so meinen Arbeitsalltag, um total erschöpft nach Hause zu kommen, um daraufhin gleich ein ausgedehntes Schläfchen von mehreren Stunden zu absolvieren. Ich werde munter, koche mir flott ein kleines, ungesundes Abendessen und schlafe danach weiter. Ich sage private Treffen ab, um mich zu „entstressen". Es funktioniert leider nicht mehr so wie früher, mein Stresslevel bleibt erhöht. Ich bin gereizt, schnell genervt und habe eine ganz kurze Zündschnur. Mich interessieren keine Bla- Bla-Unterhaltungen mehr, ich will einfach meine Ruhe. Laute Geräusche erschrecken mich und Handyklingeltöne sind ein absolutes No-Go.

Die Arbeit bereitet mir keine Freude mehr. Ich sehe uns, meine ausgelaugten Kolleginnen und mich, wie wir täglich am Krankenbett stehen, um Kranke gesundzupflegen, aber wir selber fühlen uns nicht gut. Stress, Erwartungen, neue Aufgaben, fehlendes Personal, Dauerbereitschaft und wenige Verschnaufpausen setzen uns zu. Wir leben den Gesundheitsgedanken nicht vor ... wir haben keine Zeit dafür.

Peace Bruder

Mein Dienstauto zählt zu meinem Arbeits-
mittel und ich liebe es. Der Vorteil meiner aktuellen Arbeit: Ich kann zu Fuß in die Arbeit
gehen, danach steige ich in mein Dienstauto ein
und schon beginnt meine Arbeit. Meine Tour
schickt mich kreuz und quer durch den Ort. Ich
kenne fast jeden Winkel persönlich. Das Auto
ist klein, hat eine Freisprecheinrichtung und
besitzt den Luxus einer Sitz- und Lenkradhei-
zung. Manchmal bleibe ich im Winter extra ei-
nige Minuten länger darin sitzen, weil es eben
so warm ist und mich diese einfachen Dinge
glücklich machen. Im Büro hat man seinen
Schreibtisch, mein Auto hat ebenfalls so eine
Funktion. Es ist vollgestopft mit Schutzhosen,
Verbandsmaterialien und sonstigem Klumpert,
welches natürlich keines ist. Ich beende die Betreuung beim letzten Patienten und muss zurück ins echte Büro, welches nur 500 Meter ent-
fernt liegt. *Zahlt es sich überhaupt noch aus,
mich anzuschnallen?* Ich überlege, wie hoch die
Wahrscheinlichkeit ist, dass mir auf diesem
Weg die Polizei begegnen könnte. In dem Ort

gibt es zwar eine Polizeiinspektion, aber ich spekuliere, dass sie, wenn überhaupt, gerade vor der Volksschule stehen.

Schritt 1: Ich setze mich in mein Auto und drehe die Musik laut auf. Ab jetzt ist es mein geil aufgeheiztes Discomobil. Es soll mich jeder hören, wenn ich komme.

Schritt 2: Ich benötige meine ultracoole Sonnenbrille. Check.

Schritt 3: Meine gespaltene Persönlichkeiten und ich beschließen, uns jetzt wirklich nicht anzuschnallen.

Schritt 4: Frau setzt das Discomobil in Gang und hält es zusätzlich noch für notwendig zu telefonieren. Ohne Freisprecheinrichtung versteht sich. Das Argument der kurzen 500 Meter ist einfach zu verlockend.

Schritt 5: Die Polizei begegnet mir auf der Straße.

Und da sehe ich das unerwünschte Auto, es steht direkt an der einzigen großen Kreuzung, blickend in meine Richtung. Erwischt! Man sieht eindeutig, dass ich telefoniere und nicht angeschnallt bin. Ein flottes Anschnallen und das Handy in den Schoß fallen lassen ist unmöglich. Ertappt beginne ich breit zu grinsen, es ist eher eine Reaktion auf die offensichtliche Situation. Mein Handy ist zwischen der Schulter und dem Ohr eingeklemmt, ebenso lenke ich mit der rechten Hand. Spontan forme ich mit der freien Hand ein Zeichen. Ich rufe laut: „Peace Bruder!", mehr zu mir, als zu den Polizisten. Ich deute eindeutig in ihre Richtung, dabei hebe ich neckisch mein Kinn an. Dieser Moment fühlt sich an wie in Zeitlupe. Jede Bewegung und diese Aktion, ultra- langsam. Es besteht Augenkontakt. Beide schauen mich überrascht an, und einer hört auf, seinen Apfel zu essen, aber es gibt keine weitere Reaktion. Ich blicke mehrmals in den Rückspiegel, um mich zu vergewissern, ob doch noch was kommen könnte. In diesem Moment fühle ich mich wie der größte und gefährlichste Verbrecher aller Zeiten.

Ich möchte wieder das Meer sehen ...

Chronische Wunden

Pfui Teufel, igitt, grausig, puh, das stinkt

Ich will meinen Fuß nicht herzeigen, weil da ist eh nichts!

Die ganze Situation ist mir peinlich. Ist das eine Larve da in meiner Wunde? Wo kommt denn die her?

Ich betrete den Raum und rieche etwas. Es ist kein angenehmer Geruch, der in meine Nase aufsteigt und ich kenne ihn. Er riecht nach Wunde. Seit Längerem gehe ich bei dieser Türe ein und aus und versorge eine chronische Wunde. Der Besitzer dieser Wunde hat sie schon lange und kommt mit seiner aktuellen Situation nicht mehr zurecht. Eine Zeit lang hat er selber versucht, sie zu versorgen, aber die Wunde am Unterschenkel wurde immer großflächiger. Er hat Schmerzen und dadurch eine Beeinträchtigung beim Gehen. Der provisorische Verband verklebt sich mit der Wunde, sitzt nicht mehr korrekt auf der betroffenen Stelle und das Exsudat ist in die Hose eingedrungen und verursacht unschöne, sichtbare Flecken. Er vermeidet Begegnungen mit anderen Menschen, der Bewegungsradius wird immer kleiner und alles ist mit Unwohlsein behaftet. Er hat Angst, dass man ihn „riechen" könnte. Es dauerte mehrere Monate, bis Herr L. sich Hilfe suchte.

Die verschlossene Handschuhschachtel, das Desinfektionsmittel, der Verbandskoffer und der Mistkübel sind schon vom Herrn L. vorbereitet worden, mittlerweile sind wir in der Versorgung eingespielt. Er kennt den Ablauf. Ich lege ein sauberes Handtuch unter und er stellt seinen Fuß darauf. Ich öffne den alten Verband vorsichtig und begutachte das Exsudat, danach entsorge ich alles. Ich beginne mit der Reinigung, routiniert verwende ich die Pinzette. In diesen paar Minuten erzählt er mir von seiner letzten Reise nach Spanien und dass er, sobald der Fuß wieder zu ist, dorthin fliegen möchte. Er möchte wieder das Meer sehen und mit seiner Frau am Strand spazieren gehen. Sie verreisten so gerne, seitdem die Kinder groß waren.

Ich fotografiere die Wunde und beginne danach, sie wieder zu verbinden. Eine Wunde durchläuft verschiedene Phasen. Meine Aufgabe ist es, zu erkennen, welche optimale Versorgung die Wunde jetzt gerade in diesem Moment benötigt. Es ist wichtig, das richtige Verbandsmaterial im richtigen Moment zu nehmen. Eine zu feuchte oder zu trockene Wunde können den Heilungserfolg verzögern. Ich beziehe den Patienten aktiv in die Behandlung ein, seine Aufgabe ist es, dass er sich an die vorgegebene Ernährung durch den Arzt hält, dass er regelmäßige Arztkontrollen wahr nimmt und nicht den Verband manipuliert.

Der Geruch der Wunde ist weg. Der Verband sitzt gut versteckt in einer frischen Hose und lässt wieder Bewegungsfreiheit zu. Zum Abschluss kontrolliere ich nochmals den Verbandskoffer, um Material nachzubestellen. Wir quatschen noch ein bisschen und ich verspreche, am Mittwoch wiederzukommen.

Was wäre, wenn...

Manchmal frage ich mich ernsthaft, was aus mir geworden wäre, wenn ich nicht den Weg eingeschlagen hätte, den ich nun eben eingeschlagen habe. Ich hatte das Gefühl, dass ich bereits nach der Hauptschule wissen musste, was ich einmal werden möchte, wenn ich „groß" bin. Ich hatte keinen blassen Schimmer, deshalb entschied ich mich dafür, eine weiterbildende Schule zu besuchen, damit ich halt irgendetwas mache und mein Umfeld beruhigt war. Der Drang in der Gesellschaft, man müsse sofort etwas lernen und machen, damit man ja keinen einzigen Tag zu lang arbeitslos ist, ist groß. Süß und verträumt, wie ich war, lebend im ländlichen Bereich, wollte ich immer eine große Schauspielkarriere anstreben, daraus wurde offensichtlich nichts, sonst würde mich meine Leserschaft wohl aus dem Fernsehen kennen. Nachdem ich meine, noch nicht einmal begonnene Schauspielkarriere wieder beendet habe, interessierten mich die Polizei und das Bundesheer. Mir wurden Grenzen von der Gesellschaft auferlegt, dass ein Mädchen dort nichts zu suchen habe, ich solle in ein klassisches Rollenbild schlüpfen. Eine männerdominierte Arbeitswelt hätte mich mehr interessiert und doch kam alles anders. Wie man sieht, bin ich in einem der weiblichsten Berufe gelandet, den man als Frau ausführen kann. Das Weltbild einer klassischen diplomierten Gesundheits- und Krankenpflegeschwester haben viele folgendermaßen im Kopf: Ja- Sagerin, liebevoll, beschützend, aufopfernd und fürsorglich, untertänig dienend dem Arzt und jederzeit einsatzbereit. In der Werbung wird und wurde diese Berufsgruppe mit Häubchen, mit Stethoskop um den Hals und knappen weißen Kleidchen liebend gerne, teilweise auch sexualisierend, abgebildet.

Wer mich aber kennt, weiß, dass das nicht meine klassischen Eigenschaften sind. Ich bin klein, aber groß im Auftreten. Ich bin laut, fordernd und direkt. Mein trockener Humor passt eher zum Bestatter als in die Pflege und doch bin ich hier. Ich folgte meiner Mutter in die Sparte der Pflege, immerhin verdient man hier ja viel Geld! *Sarkasmus Ende*. Meine Mutter empfahl mir diesen Beruf NICHT! Ich solle mir diesen Schritt aufgrund von den gesellschaftsfeindlichen Arbeitszeiten, die nicht familienfreundlich sind und der geringen Bezahlung im Gegensatz zu den Anforderungen gut überlegen. Mittlerweile bin ich mehr als 12 Jahre in der Pflege tätig und glaube vieles in meinem langjährigen Fachbereich der Mobilen Pflege gesehen zu haben.

Was wäre, wenn …

Was wäre, wenn mir all diese Menschen beruflich niemals begegnet wären? Was wäre aus all den lustigen und schönen Momenten geworden? Wer hätte meine Schützlinge durch ihren Lebensabend begleitet? Wer hätte mit ihnen diskutiert und gestritten und sich danach wieder versöhnt? Wer hätte sie sonst bis zu ihrem Tod begleitet? Was hätten sie für Sachen erlebt, wenn es mich nicht gegeben hätte? Welche Geschichten, Erfahrungen und Inspirationen hätte ich nicht erleben und darin reifen dürfen, wenn ich eben nicht diesen Weg eingeschlagen hätte? Eines weiß ich, durch diese Geschichten werden diese Menschen nicht in Vergessenheit geraten.

Was wäre, wenn …

CHRISTINE KIRBES

Geschichtenerzählerin und Märchentante, provokativ und direkt. Die Autorin, besser bekannt als FrauXYZ, ist bereits jahrelang als Diplomierte Gesundheits- und Krankenpflegeperson tätig und war am und um das Pflegebett bei den pflegebedürftigen Menschen zuhause tätig, derzeit übt sie eine beratende Funktion aus. Von dem Wort Windel bekommt FrauXYZ einen Hautausschlag. Mit ihren Kurzgeschichten nimmt sie sich kein Blatt Klopapier vor den Mund und ermöglicht somit einen Einblick in den Alltag der Mobilen Pflege. Alle Angaben zu Personen/Orten und Zeitangaben wurden anonymisiert. Zwei Kurzgeschichten wurden bereits in den Büchern #weltbleibwach- Die besten Geschichten und Was bleibt, ist die Liebe Wien, 02.11.2020, abgedruckt. Teilnehmerin des Young Storyteller Award 2023

Loved this book?
Why not write your own at story.one?

Let's go!

Zeitfracht Medien GmbH
Ferdinand-Jühlke-Straße 7
99095 Erfurt, Deutschland
produktsicherheit@kolibri360.de